LES SEPT ANS
DE
MADEMOISEL
TEXTE par UN PAPA
DESSINS DE FRŒLICH
BIBLIOTHÈQUE
D'ÉDUCATION et de RÉCRÉATION
J. HETZEL & Cie 18 rue JACOB
PARIS

BIBLIOTHÈQUE DE MADEMOISELLE LILI

ET DE SON COUSIN LUCIEN

LES SEPT ANS DE MADEMOISELLE LILI

COLLECTION HETZEL

39 DESSINS DE LORENTZ FRŒLICH

LES SEPT ANS DE MADEMOISELLE LILI

PAR UN PAPA

BIBLIOTHÈQUE
D'ÉDUCATION ET DE RÉCRÉATION
J. HETZEL ET Cie, 18, RUE JACOB
PARIS

LES SEPT ANS DE Mlle LILI

I

Mlle Lili a eu sept ans le 1er octobre dernier. Comme les années précédentes, pour son anniversaire, elle a reçu de nombreux cadeaux, qu'à son grand chagrin elle n'a guère eu le temps d'examiner, car, à peine son déjeuner achevé, sa maman l'a conduite elle-même à la pension.

Jusqu'à ce jour, c'était sa maman qui lui donnait des leçons, et elle avait espéré pouvoir continuer encore pendant une année ou deux; mais, hélas! Mlle Lili devenait de moins en moins studieuse; il avait fallu se décider à prendre une mesure énergique. Peut-être une nouvelle maîtresse se ferait-elle davantage craindre et mieux écouter...

Mlle Lili a embrassé sa mère en lui promettant de bien travailler, elle a essuyé ses yeux et a fait son entrée en classe, — entrée sans doute trop précipitée, car, avant même d'être assise à la place que la maîtresse lui a désignée, elle a trouvé le moyen de répandre sur elle tout le contenu de son encrier.

II

Joli début... Perdant toute présence d'esprit, Mlle Lili n'a pas l'idée de retirer son tablier; elle ne trouve rien de mieux que d'essuyer l'encre avec son mouchoir... Ses camarades, peu charitables, au lieu de lui venir en aide, rient de son malheur. La pauvre petite sent de grosses larmes lui monter aux yeux, et dans son émoi elle a recours, pour les sécher, à son mouchoir tout imprégné d'encre. Les rires redoublent.

Attirée par le bruit, la maîtresse a vite découvert la cause de la dissipation générale. Prenant Mlle Lili par la main, elle l'a emmenée dans sa chambre pour essayer de faire disparaître autant que possible à grande eau les traces de cet accident.

Mlle Lili s'est laissé conduire, et lorsqu'elle se trouve devant une glace, en présence de sa propre image, elle ne peut, malgré la gravité de la situation, s'empêcher de rire à son tour de sa figure de ramoneur.

Elle n'est cependant pas très tranquille, elle a bien peur de rester comme cela toute sa vie.

LES SEPT ANS DE Mlle LILI

III

Mlle Lili a été mise entre les mains d'une domestique qui, à force de savonner et de frotter, a fini par rendre à son visage sa fraîcheur habituelle.

Mlle Lili a trouvé l'opération longue et un peu douloureuse; mais elle s'est montrée courageuse et a même eu un sourire pour remercier du service qu'on vient de lui rendre. Revenue au milieu de ses compagnes qui sont maintenant en récréation, elle a vite oublié son malheur et ce n'est qu'avec un soupir de regret qu'elle quitte le jeu pour répondre à l'appel du professeur de piano, un vieux monsieur bien doux et bien patient. Cette première leçon, qui doit durer un quart d'heure, va tout de travers. Au bout de cinq minutes, la tête et les doigts de l'élève demandent grâce, et ses jambes sont tout engourdies par l'immobilité. Mlle Lili se tourne alors vers le

maître et lui déclare qu'elle n'en peut plus et qu'elle ne se sent aucune disposition pour le piano. Elle dit qu'elle préférerait qu'on lui racontât une histoire; ce serait moins fatigant pour tous deux, et cela ferait passer le temps plus vite et plus agréablement.

IV

Mlle Lili, revenue dans la classe, ne semble guère mieux disposée pour la grammaire que pour la musique. Au lieu d'étudier sa leçon, elle se met à raconter à son amie et voisine, Mlle Germaine, les péripéties de son quart d'heure de piano; son récit doit être des plus amusants, car Mlle Germaine — d'un naturel très gai d'ailleurs — ne tarde pas à partir d'un bruyant éclat de rire.

La maîtresse, occupée à corriger un devoir à l'autre extrémité de la classe, a pu d'un coup d'œil reconnaître la coupable; elle accourt, et elle croit devoir infliger à Mlle Germaine une punition exemplaire et une semonce sous laquelle la fillette courbe la tête et verse d'abondantes larmes.

La pauvre Lili sent bien que la vraie coupable c'est elle-même et elle ne peut supporter de voir punir une innocente à sa place. Aussi s'empresse-t-elle de quitter son banc pour aller trouver la maîtresse et lui confesser sa faute.

« Vous méritez d'être doublement punie, mademoiselle, dit la maîtresse, de sa voix la plus sévère, et pour avoir refusé de travailler pendant votre leçon de piano, et ensuite pour avoir dissipé vos camarades et troublé la classe; cependant, comme vous avez eu le courage et la franchise d'avouer votre faute — je vous pardonne — ainsi qu'à Germaine. Retournez chacune à votre travail; — mais gare à vous si tout à l'heure vos leçons ne sont pas sues! »

V

Mlle Lili, heureuse de s'en tirer à si bon compte, et animée des meilleures dispositions, a vite regagné sa place : elle a ouvert sa grammaire française, puis, prenant sa tête entre ses petites mains, elle se met à étudier sa leçon. Elle la lit et la relit à voix basse, cherchant à la bien comprendre; mais, vains efforts, les mots dansent devant ses yeux, elle est perdue. « Mon Dieu! que c'est embrouillé!... » s'écrie-t-elle tout à coup, au grand scandale de toute la classe... une classe modèle jusqu'à ce jour.

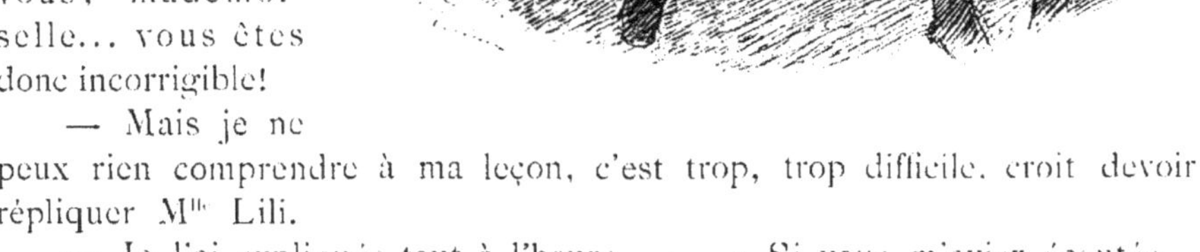

« Silence!... crie la maîtresse; comment, encore vous, mademoiselle... vous êtes donc incorrigible!

— Mais je ne peux rien comprendre à ma leçon, c'est trop, trop difficile, croit devoir répliquer Mlle Lili.

— Je l'ai expliquée tout à l'heure... — « Si vous m'aviez écoutée... Mais vous préfériez bavarder et dissiper vos voisines. Je suis lasse, à la fin... Allez en pénitence, avec le *bonnet d'âne*, et si vous ne changez pas, je ne veux plus de vous dans ma classe... »

Cette fois la maîtresse est tout à fait fâchée; au ton de ses paroles Mlle Lili comprend qu'il n'y a plus de nouveau pardon à espérer.

VI

C'est en tremblant que Mlle Lili est venue au milieu de la classe. Son cœur est bien gros, et elle a grand'peine à retenir ses larmes; cependant elle y parvient, et elle présente docilement le front pour recevoir le terrible *bonnet d'âne*...

A ce moment, ses yeux ont rencontré ceux de sa maîtresse, qui sont déjà moins sévères et semblent annoncer que la coupable, pour peu qu'elle montre du regret de sa faute et la résolution de bien faire, sera encore une fois pardonnée.

Mlle Lili ne s'est pas trompée, elle a obtenu son pardon, et, le bonnet d'âne ayant repris sa place au fond d'un tiroir, elle s'est mise au travail, bien décidée à devenir une élève modèle... Aussi quand, une heure plus tard, elle est appelée au tableau pour réciter sa leçon de géographie, répond-elle sans une faute à toutes les questions, et lorsqu'on lui demande de dessiner les côtes et frontières de la France et d'indiquer la position de la capitale, le fait-elle sans hésitation et très rapidement... Mais toute la classe et le professeur lui-même ne peuvent s'empêcher de rire, tant la France de Mlle Lili offre d'analogie avec le profil du concierge de l'école, rien n'y manque, pas même la verrue qui orne son grand nez.

La maitresse rectifie les quelques erreurs de son élève et lui donne la note « bien » en l'embrassant.

Du coup, Mlle Lili a oublié ses peines, elle est tout à fait heureuse.

VII

Mais c'est bientôt la fête de la directrice et Mlle Lili étant l'élève la plus jeune, c'est elle que ses petites amies chargent de réciter en leur nom le compliment de rigueur.

Mlle Lili désire se tirer à son honneur de la mission que lui ont confiée ses camarades.

Rentrée chez elle, elle monte à sa chambre, s'y enferme, et puise dans son cœur et dans sa tête les éléments et les termes de son compliment. En moins d'une demi-heure elle est venue à bout de sa tâche délicate. Le brouillon de son discours, soumis à sa maman, a été approuvé. Il faut maintenant que Mlle Lili l'apprenne par cœur, afin de pouvoir le débiter sans hésitation et sans avoir l'air de réciter une leçon.

Le lendemain, à la première récréation, ces demoiselles, qui se sont donné le mot, se sont réunies dans leur classe pour la répétition générale de la grande cérémonie.

Il n'y a pas de bouquet, un petit balai de crin en tient lieu. C'est Mlle Germaine qui s'est assise dans le fauteuil de la maîtresse et qui écoute Mlle Lili avec tout le sérieux dont elle est capable.

Et lorsque Mlle Lili a terminé et qu'elle a remis à Mlle Germaine le bouquet, ou plutôt l'ustensile qui en tient lieu, celle-ci, prenant son rôle au sérieux, attire à elle son amie et l'embrasse sur les deux joues.

Tout le monde applaudit, et c'est à qui complimentera Mlle Lili.

VIII

Le grand jour est arrivé... Mlle Lili, levée dès l'aurore, a réveillé toute la maison... C'est que ce n'est pas une petite affaire que la toilette de Mlle Lili pour une fête comme celle-là.

Mlle Lili ne sait pas demeurer tranquille ; elle veut tout examiner, donner son avis sur ceci et sur cela, voir comment est placé dans ses cheveux le nœud de soie bleue, s'assurer s'il est du même ton que le ruban de sa ceinture. — Sitôt prête, elle se fait conduire à l'école où elle arrive une des premières... Là, elle s'impatiente après les retardataires; du pas de la porte où elle se tient, elle leur fait signe de courir dès qu'elle les aperçoit au bout de la rue.

Enfin, enfin, il ne manque plus personne. Mlle Lili prend à deux mains l'énorme bouquet qu'un fleuriste vient d'apporter, et tout le monde se groupe derrière elle. Mlle Geneviève frappe deux petits coups à la porte du salon; — une voix a répondu : « Entrez. » Aussitôt le flot se précipite et entoure la directrice. — Mlle Lili offre très gentiment le bouquet et débite non moins gentiment son petit discours.

IX

Malgré tout le mystère dont Mlle Lili et ses compagnes se sont entourées, il n'y a pas eu surprise pour la maîtresse. C'était celle-ci, au contraire, qui en réservait une à ses élèves... Elle avait à peine eu le temps d'embrasser l'une après l'autre, grandes et petites, qu'un bruit de grelots, des claquements de fouet, se font entendre au dehors, et, à l'étonnement général, un break attelé de quatre chevaux s'arrête devant la porte de l'école.

« En voiture... mesdemoiselles, dit la maîtresse, nous allons passer la journée à la campagne. On déjeunera et goûtera sur l'herbe. — Cela vous va-t-il?

— Oh oui, merci! merci!... bravo!... » répètent en chœur toutes les voix.

Et on monte en voiture, on s'installe en riant. On part. Jamais voyage ne fut plus gai ni plus bruyant, et ne parut plus court.

En arrivant à l'endroit choisi, — une verte clairière ombragée d'arbres touffus, — on aperçoit le couvert mis, il n'y a qu'à s'asseoir.

Aussitôt après le déjeuner, s'organise une grande partie de cache-cache dans les sentiers du bois au milieu duquel on se trouve, mais elle est presque tout de suite interrompue par des cris perçants : Mlle Lili s'est précipitée la première vers l'endroit d'où partaient les cris, et elle voit sa petite amie Geneviève fuyant devant un chien à l'air très méchant.

X

Mlle Geneviève, le déjeuner achevé, avait conservé à la main un gâteau... ce fut ce qui causa sa mésaventure. Un chien errant, attiré par les bonnes odeurs du festin, mais arrivant trop tard, avait senti le gâteau et manifesté un peu trop vivement son désir d'y goûter.

Mlle Lili, très brave, s'est armée d'une branche arrachée à un arbre et en a menacé le chien, qui, à son tour, a eu peur.

Mlle Geneviève, reprenant alors son sang-froid, a appelé le chien et lui a offert de bonne grâce son gâteau; puis, sautant au cou de son amie, elle l'a embrassée et remerciée de son intervention; les petites camarades de Mlle Lili, témoins de son courage, la félicitent, et l'une d'elles, aux applaudissements de toutes, lui met sur la tête une couronne de feuilles de chêne.

Les jeux reprennent avec un nouvel entrain et ne sont plus interrompus que par l'appel pour le goûter. On ne se fait pas prier, car, si l'on ne s'aperçoit pas de la fatigue, l'appétit est très excité. Donc on fait honneur au goûter. Il faut ensuite songer au retour. On remonte en voiture, les jambes lasses, mais le cœur plein de reconnaissance pour une si charmante maîtresse.

XI

Pour récompenser Mlle Lili de sa bonne conduite et de son travail, il a été décidé, entre elle et son papa, qu'ils iraient tous deux, sans tarder, chez le marchand de poupées, acheter une petite fille, dont

son papa serait tout de suite le grand-papa, et dont elle serait la maman.

Elle a donné la préférence à une petite personne qui lui a paru vive, aimable et gentille.

« Si tu veux, lui dit Mlle Lili, je serai ta maman, et tu t'appelleras Jacqueline?

« Puisqu'elle n'a pas dit non, c'est qu'elle veut bien, ajouta Mlle Lili.

— C'est vrai, a répondu le papa; qui ne dit rien, consent. »

XII

En rentrant à la maison, Mlle Lili s'est trouvée bien embarrassée. Son papa, qui a quelquefois des idées gaies, ne s'était-il pas avisé

d'acheter et de cacher dans sa poche, pendant que Mlle Lili était occupée de Jacqueline, un poupon qui avait fait sa conquête.

Jacqueline, à sa vue, s'est jetée en arrière, si fâchée, si fâchée, que, si Mlle Lili ne l'avait pas soutenue, elle serait bien sûr tombée à la renverse.

Jacqueline serait-elle jalouse? Mlle Lili n'aurait pas le droit de lui en vouloir : pendant le trajet du magasin de joujoux à la maison, ne se doutant pas du tout de la surprise que lui ménageait son papa, elle avait dit à Jacqueline qu'elle n'aimerait jamais qu'elle, et qu'il n'y aurait pas d'autre poupée qu'elle à la maison.

Jacqueline avait compté là-dessus, son mécontentement était explicable.

Mais Mlle Lili est une personne raisonnable, elle entend que sa fille soit raisonnable aussi; elle lui a fait un grand sermon.

Une petite maman, qui ne saurait pas gronder, ne viendrait jamais à bout de bien élever ses enfants.

Mlle Lili a donc essayé de faire comprendre à Jacqueline que « quand on veut être aimé, il faut commencer par être aimable. » Sans doute les poupées ont le droit d'avoir la tête dure, puisqu'elles l'ont en porcelaine; mais cela ne doit pas les empêcher d'avoir du cœur.

LES SEPT ANS DE Mlle LILI

XIII

Mlle Lili, en vraie bonne petite ménagère qu'elle est, n'avait pas voulu que son papa achetât un trousseau à Jacqueline.

« Je lui ferai tout, tout, moi-même, avait-elle dit à son père. J'ai beaucoup de chiffons et de chiffons, et puis ce sera un moyen d'utiliser mes robes devenues trop petites. Tu sais, papa, que maman dit toujours qu'il faut que les mamans soient économes, et puis, d'ailleurs, cela me forcera d'apprendre à coudre. »

Apprendre à coudre, Mlle Lili en parle à son aise; quant à moi, qui écris son histoire, je serais désespéré si j'avais à faire cet apprentissage-là. Mais les doigts des petites filles sont plus agiles que ceux des vieux messieurs, et elles ont de meilleurs yeux que les leurs pour enfiler les aiguilles. Mlle Lili s'en tirera bien.

Cela n'ira peut-être pas du premier coup, elle se piquera plus d'une fois. Plus d'une fois elle sera obligée de sucer son petit pouce, pour étancher la jolie goutte de sang qui pourra perler sous son ongle.

Et ces vilains ciseaux, si désobligeants parfois, qui entaillent presque toujours beaucoup plus loin qu'on ne veut, ne s'attaquent-ils pas souvent à la main qui les tient un peu distraitement!

LES SEPT ANS DE Mlle LILI

XIV

On ne meurt ni pour une piqûre ni pour une coupure

Au besoin, Mlle Lili mettra sa main tout entière baigner dans l'eau boriquée tiède. C'est un remède qui guérit beaucoup de choses.

Minet, qui n'aime pas se mouiller, trouve que Mlle Lili a une bien drôle d'idée de tremper ainsi sa main dans l'eau.

Mlle Lili sait, à présent, ce qu'elle n'avait pas pu croire tout à l'heure : c'est que — pour coudre sans se piquer — il est nécessaire d'avoir un dé.

Mlle Lili est à l'œuvre, c'est déjà une fine couturière; elle coud, elle coud sans lever les yeux.

Jacqueline n'en revient pas.

Ce n'est pas tout rose, paraît-il, d'être maman. Il y faut beaucoup de dévouement.

Combien de petites filles, qui ne semblent même pas s'en douter, et qui seraient moins coquettes si elles savaient tout ce qu'il en coûte à leurs petites mères pour les bien attifer!

Aussi, après avoir tant travaillé, Mlle Lili est-elle, ce matin, triomphante.

Dès que sa toilette a été faite, elle a habillé Jacqueline de son costume tout neuf et elle l'a portée à la femme de chambre de sa mère, pour avoir son avis.

Rosalie trouve que Mlle Jacqueline est très bien mise. « Si elle est soigneuse, cette petite toilette-là lui fera un très bon usage, et elle ne peut manquer de faire beaucoup d'honneur à sa petite maman. »

XV

Aujourd'hui Mlle Lili attend une visite, celle de Mlle Jeanne, une petite fille très adroite, qui est connue parmi toutes ses camarades pour la façon

dont elle élève sa nombreuse famille. Elle a six enfants : trois filles et trois garçons, tous aussi bien tenus les uns que les autres.

L'avis d'une petite personne comme Mlle Jeanne a donc beaucoup d'importance pour Mlle Lili, et elle est très, très contente quand sa petite amie lui dit qu'elle n'a que des compliments à lui faire de sa fille.

Quand les éloges sont mérités, ce sont de vraies récompenses, et Mlle Lili a le droit de se montrer satisfaite de ceux qu'elle reçoit.

XVI

Mais les destins sont changeants, et le lendemain est quelquefois bien différent de la veille.

Qui aurait pu croire que Mlle Lili en ferait sitôt la cruelle expérience?...

En partant pour la classe, elle avait laissé Mlle Jacqueline reposer sur son propre lit à elle, dans sa petite chambre à coucher, lui promettant bien de revenir la prendre dès qu'elle serait de retour.

La classe terminée, Mlle Lili remontait, très heureuse, près de sa fille, quand, en entrant dans sa chambre, un affreux spectacle s'offrit à sa vue.

Jacqueline n'était plus dans son lit; la malheureuse était étendue, sans vie, sur le parquet, et Minet, l'abominable Minet, la tenait, comme un tigre, terrassée sous ses griffes.

Un cri lamentable s'échappa de la poitrine de Mlle Lili.

L'ingrat Minet, qu'elle avait recueilli mourant de faim et de froid dans la rue, alors qu'il était tout petit, Minet, meurtrier, meurtrier de la fille de sa bienfaitrice!

Mlle Jacqueline a été, à grand'-peine, rappelée à la vie; « son état est grave; mais elle en reviendra », a dit le docteur.

Huit longs jours se sont passés, et l'on attend encore le pied tout neuf qu'il a fallu faire refaire à Mlle Jacqueline pour remplacer celui que, dans sa rage, l'affreux Minet, à force de le grignoter et de le déchirer, avait mis hors de service.

XVII

Le pied est arrivé, l'opération a parfaitement réussi.

Le docteur a déclaré que Mlle Jacqueline ne boiterait même pas, et la maman de Mlle Lili, à laquelle Mlle Lili montre que la jambe neuve de sa pauvre fille est plus belle encore que l'ancienne, est tout à fait de cet avis.

Elle engage Mlle Lili à remettre Mlle Jacqueline dans son lit, pour que sa guérison soit complète.

Quand elle aura pris un peu de repos, il n'y paraîtra plus, tout sera oublié; on trouvera bien le moyen d'imaginer quelque chose qui chasse à jamais de l'esprit de Mlle Jacqueline tout souvenir de la tragique aventure dont elle a été victime.

Dès demain matin on lèvera Mlle Jacqueline, et tous ses membres, bien recollés et bien consolidés, auront retrouvé leur jeu naturel.

On pourra dire que Mlle Jacqueline est complétement ressuscitée.

Aidée de sa petite maman, d'un saut Jacqueline a été hors de son lit. La petite malade d'hier, ravie de sa résurrection, semble par tous ses gestes dire à sa petite mère que le temps des larmes est passé et qu'elle se sent plus en vie que jamais.

La maman de Mlle Lili a assisté, par la porte entre-bâillée, à ce joyeux lever.

Après s'être rendu compte que tout allait bien, elle va laisser seules Lili et Jacqueline. Il ne faut pas gêner leurs épanchements.

XVIII

Mlle Lili a fort à faire; elle n'a jamais été si occupée.

Son papa et sa maman ont eu la bonne idée de permettre à Mlle Lili d'offrir une soirée de poupées à toutes les poupées de ses amies, pour célébrer le rétablissement complet de la santé de Mlle Jacqueline.

Mlle Lili entend que pas une tache ne dépare la toilette de sa fille pour ce grand jour, et, afin d'être sûre que tout sera bien fait, elle procède elle-même et de ses mains à une lessive générale.

Mlle Jacqueline, qui voit, de la chaise longue où elle repose pendant ces laborieux préparatifs, toute la peine que prend Mlle Lili pour qu'elle fasse bonne figure à la fête, voudrait bien pouvoir l'aider; mais on n'a pas encore trouvé le secret d'apprendre aux poupées à faire leur blanchissage elles-mêmes.

La maman de Mlle Lili, qui a surveillé du coin de l'œil les travaux de la petite maman de Jacqueline, est d'avis que tout s'est bien passé, il ne s'agit plus que de faire sécher le petit trousseau, et Mlle Lili s'en acquitte à merveille.

Toutes les pièces passent par ses mains; elle ne s'en rapporte qu'à elle.

Il est impossible de montrer plus de conscience dans une besogne aussi minutieuse.

XIX

La fête commence, tout le monde arrive Les présentations se font.

Les petites mamans, après s'être dit bonjour, présentent leurs petits enfants aux petits enfants de leurs amies.

Mesdemoiselles les poupées n'y mettent pas de mauvaise volonté: quand elles ne se tiennent pas très bien, c'est qu'on les tient mal ou que leurs jambes sont molles, ce qui n'est pas leur faute.

Si l'on est trop petit pour bien marcher, on ne marche pas sans être bien aidé.

LES SEPT ANS DE Mlle LILI

XX

Les cérémonies de l'arrivée sont à peine terminées qu'il est entendu que la soirée va s'ouvrir par une ronde.

Comme les petits enfants ne pourraient pas danser tout seuls, les mamans leur donnent la main, de sorte que la ronde est composée moitié par les mamans, moitié par les enfants.

Ce sont les petites mamans qui chantent :

« Il était une bergère,
« Et ron, ron, ron, petit patapon,
« Il était une bergère,
« Qui gardait ses moutons, etc. »

Cette jolie ronde a beaucoup de succès, on la fait recommencer plus d'une fois.

Les petites filles voudraient bien chanter aussi; mais il faudrait qu'on leur fît une ronde dans laquelle il n'y aurait que les mots *« papa »* et *« maman »*, les seuls qu'elles sachent dire d'une façon très intelligible.

L'animation à un moment est extrême, et l'aîné des trois petits garçons de Mlle Jeanne ayant été demander tout bas à sa maman qu'on chantât une ronde de garçons, celle de « Malbrough s'en va-t-en guerre », par exemple, les petites mamans qui ne veulent pas que leurs petites filles aient jamais l'idée de *« s'en aller-t-en guerre »* ont envoyé M. Jean chanter son *Malbrough* tout seul dans un coin. Le pauvre Jean n'y est pas resté longtemps.

Les danseuses, à force de danser et de tourner, avaient faim, et, heureusement pour elles, on annonça que le souper était servi.

XXI

Toute la société passe dans la salle à manger où le buffet avait été dressé sur une grande table.

Puisque c'était la fête des poupées, c'est par le souper des poupées qu'on a commencé.

Ces demoiselles étaient à table sur des fauteuils ou sur des chaises, et leurs petites mamans, debout derrière elles, veillaient à ce qu'il ne leur manquât rien, à ce qu'elles ne se fissent pas de taches.

Le dessert était merveilleux: mais, comme sur le chapitre de la gourmandise les poupées sont toujours raisonnables, il n'y avait pour aucune d'elles danger d'indisposition.

Quand on a bien rempli ses devoirs de mère, on a le droit de penser aussi à soi.

Les rondes, le souper des poupées, tout cela avait pris du temps et demandé de la patience aux estomacs des petites mamans.

Les poupées avaient dû céder leurs places à leurs petites mères; on les avait rangées, avec un peu de précipitation, sur un des bouts de la table.

Le premier assaut donné au premier service fut très vif; on avait attendu, on mangeait trop et trop vite.

A la suite d'un mouvement un peu brusque imprimé à la table, les poupées mal calées avaient dégringolé en masse sur un fauteuil et même dessous, et je ne suis pas bien sûr que les petites mamans s'en fussent aperçues ou inquiétées: elles avaient chacune pour sa part des préoccupations personnelles qui ne leur permettaient pas d'être aussi actives que d'ordinaire.

XXII

Manger avec précipitation est toujours une mauvaise affaire: et cela se paye quelquefois fort cher.

Les invitées de Mlle Lili ne tardèrent pas à s'en rendre compte, et plusieurs d'entre elles se sentirent un peu mal à leur aise.

La maman de Mlle Lili avait sans doute prévu ce qui arrivait; toujours est-il qu'elle envoya discrètement à chacune une petite tasse de thé bien chaud et bien sucré, qu'elle avait fait préparer à leur intention. Cet excellent thé, offert à propos, arrêta les germes d'indisposition et remit tout en place.

Le départ put s'effectuer en bon ordre, et tout le monde, en disant adieu à Mlle Lili, lui déclara que sa fête avait été charmante.

Le soir, après avoir dit sa prière, puis fait sa toilette de nuit, Mlle Lili, avant de s'endormir, s'entretient avec Jacqueline des incidents de la journée.

Mlle Lili, à qui le thé n'avait peut-être pas été inutile, fit à sa poupée un petit sermon bien senti sur les inconvénients de la gourmandise.

Ce petit sermon eut l'heureux effet d'endormir en même temps celle qui le prononçait et celle qui l'écoutait.

38085. — PARIS, IMPRIMERIE LAHURE
9, RUE DE FLEURUS, 9

PRINCIPALES ŒUVRES

contenues dans le

Magasin illustré d'Éducation et de Récréation

Première Série. — Tomes I à LX, années 1864 à 1894

JULES VERNE : Les Voyages extraordinaires (24 ouvrages). — JULES VERNE et ANDRÉ LAURIE : L'Épave du Cynthia. — P.-J. STAHL : La Morale familière, La Famille Chester, Histoire d'un Âne et de deux jeunes Filles, Maroussia, Les Quatre filles du docteur Marsch, La première cause de l'avocat Juliette, Jack et Jane, La Petite Rose, etc., etc. — ANDRÉ LAURIE : La Vie de collège dans tous les temps et dans tous les pays (6 ouvrages), L'Héritier de Robinson, De New-York à Brest, Le Secret du Mage, Le Rubis du grand Lama. — JULES SANDEAU : La Roche aux Mouettes. — STAHL et MULLER : Le Nouveau Robinson suisse. — HECTOR MALOT : Romain Kalbris. — VIOLLET-LE-DUC : Histoire d'une Maison. — JEAN MACÉ : Les Serviteurs de l'Estomac, La Grammaire de Mlle Lili, Les Soirées de Tante Rosy, etc. — E. LEGOUVÉ : Le Denier de la France, Le Travail et la Douleur, La Fée Béquillette, Sur la Politesse, Lettre à Mlle Lili, Leçons de lecture, Une Élève de seize ans, etc., etc. — V. DE LAPRADE : Le Livre d'un Père. — MULLER : La Jeunesse des Hommes célèbres. — LUCIEN BIART : Aventures d'un jeune Naturaliste, Entre Frères et Sœurs, Voyage de deux enfants dans un parc, Les Voyages involontaires. — ALFRED RAMBAUD : L'Anneau de César. — MAURICE BLOCK : Causeries d'Économie pratique. — Dr CANDÈZE : Les Aventures d'un Grillon, La Gileppe, Périnette. — LACOME : La Musique au foyer. — S. BLANDY : Le Petit Roi, Les Pupilles de l'Oncle Philibert. — A. DEQUET : Histoire de mon Oncle et de ma Tante. — CH. DICKENS : L'Embranchement de Mugby, Histoire de Bebelle. — BENTZON : Geneviève Delmas. — GENNEVRAYE : Le Théâtre de famille, La petite Louisette, Marchand d'Allumettes, Un Château où l'on s'amuse. — J. LERMONT : Les jeunes Filles de Quinnebasset, L'Aînée, Kitty et Bo. — RIDER-HAGGARD : Les Mines de Salomon. — PERRAULT : Les Lunettes de grand'maman, Pas pressé, Les Exploits de Mario. — E. DIENY : La Patrie avant tout. — H. DE NOUSSANNE : Jasmin Robba.

Nombreuses séries de scènes enfantines dessinées par FRŒLICH, FROMENT, DETAILLE, CHAM, GEOFFROY, etc., etc., avec textes de P.-J. STAHL, UN PAPA, etc.

Nouvelle série. — Tomes 1 à 8, années 1895 à 1898

Œuvres principales parues :

JULES VERNE : L'Ile à hélice, Face au drapeau, Clovis Dardentor, Le Sphinx des glaces, Le Superbe Orénoque. — ANDRÉ LAURIE : Atlantis, l'Écolier d'Athènes, Gérard et Colette, L'Oncle de Chicago. — GENNEVRAYE : Les Petits Robinsons de Roc-Fermé. — AIMÉ GIRON : La Famille de la Marjolaine, Le Vieux Ramasseur de pierres. — NEUKOMM : Les Normands en Amérique en l'an mille. — P. PERRAULT : Ma sœur Thérèse. — TH. BENTZON : La Rose blanche. — DUPIN DE SAINT-ANDRÉ : Double conquête. — MOUANS : Frisonne l'Engourdie, La Maison Blanche. — HENRI MALIN : Un Collégien de Paris en 1870. — Contes, nouvelles, scènes enfantines diverses.

Illustrations par ATALAYA, BAYARD, BENETT, BECKER, CHAM, DESTEZ, GEOFFROY, L. FRŒLICH, FROMENT, LAMBERT, LALAUZE, LIX, ADRIEN MARIE, MEISSONIER, DE NEUVILLE, PHILIPPOTEAUX, RIOU, G. ROUX, TH. SCHULER, etc., etc.

Jules Verne

VOYAGES EXTRAORDINAIRES

Aventures du capitaine Hatteras.
Voyage au centre de la Terre.
Cinq Semaines en ballon.
Les Enfants du capitaine Grant.
De la Terre à la Lune.
Vingt mille lieues sous les Mers.
Autour de la Lune.
Une Ville flottante.
Aventures de trois Russes et de trois Anglais.
Le Tour du monde en 80 jours.
Le Pays des Fourrures.
Le Docteur Ox.
Le Chancellor.
L'Ile mystérieuse.
Michel Strogoff.
Les Indes-Noires.
Hector Servadac.
Un Capitaine de quinze ans.
Les Cinq cents millions de la Bégum.
Les Tribulations d'un Chinois en Chine.
La Maison à vapeur.
La Jangada.
Le Rayon-Vert.
L'École des Robinsons.
Kéraban-le-Têtu.
L'Étoile du sud.
L'Archipel en feu.
Mathias Sandorf.
Robur le Conquérant.
Un Billet de Loterie.
Nord contre Sud.
Le Chemin de France.
Deux ans de Vacances.
Famille sans Nom.
Sans dessus dessous.
César Cascabel.
Mistress Branican.
Le Château des Carpathes.
Claudius Bombarnac.
P'tit Bonhomme.
Mirifiques Aventures de Maître Antifer.
L'Ile à hélice.
Face au drapeau.
Clovis Dardentor.
Le Sphinx des glaces.
† Le Superbe Orénoque.

L'œuvre de Jules Verne est aujourd'hui considérable. La collection des *Voyages extraordinaires,* que l'Académie française a couronnés, se compose déjà de trente-quatre volumes (contenant 45 ouvrages), et tous les ans Jules Verne donne au *Magasin d'Éducation et de Récréation* un roman inédit.

Ces livres de voyage, ces contes d'aventures, ont une originalité propre, une clarté et une vivacité entraînantes. C'est très français.

Claretie.

Découverte de la Terre

Les Premiers Explorateurs. — Les Grands Navigateurs du XVIIIe siècle.
Les Voyageurs du XIXe siècle.

Ces trois ouvrages se vendent aussi réunis en un seul volume.

BIBLIOTHÈQUE D'ÉDUCATION ET DE RÉCRÉATION

Volumes grand in-8° jésus ou colombier, illustrés

BIART (L.) . . . . Don Quichotte *(adaptation pour la jeunesse).*
CLÉMENT (CH.) . . . . Michel-Ange, Raphaël, Léonard de Vinci.
ERCKMANN-CHATRIAN . . . . Romans nationaux. — Contes et Romans populaires. — Contes et Romans alsaciens. — Histoire d'un Paysan.
GRANDVILLE . . . . Les Animaux peints par eux-mêmes.
LA FONTAINE . . . . Fables, illustrées par Eug. Lambert.
LAURIE (A.) . . . . Les Exilés de la Terre.
MALOT (HECTOR) . . . . ✪ Sans Famille.
MAYNE-REID . . . . Aventures de Terre et de Mer. } Ces deux ouvrages se vendent aussi
— . . . . Avent. de Chasses et de Voyages. } réunis en un fort volume.
RAMBAUD (ALFRED) . . . . . . ✪ L'Anneau de César.
VERNE (J.) et LAVALLÉE . . . Géographie illustrée de la France.

Bibliothèque d'Éducation et de Récréation

Quels souvenirs agréables et charmants ce titre général ne rappelle-t-il pas aux hommes jeunes d'aujourd'hui, à ceux qui entraient dans la vie au moment même où une révolution complète s'opérait, en leur faveur, dans la littérature !

« C'est une innovation que l'introduction de la lecture dans les plaisirs de la jeunesse. Elle date presque d'hier : mettons trente ans, c'est tout le bout du monde. Pendant ces trente années, l'éditeur Hetzel a su publier 500 volumes de premier ordre.

« Le titre trouvé par l'éditeur constitue à lui seul un programme : ÉDUCATION et RÉCRÉATION. Et, en effet, tout est là. Ces beaux et bons livres instruisent et ils amusent. »

Volumes in-8° raisin, illustrés

BARBIER (M. J.) . . . . Contes blancs (*avec musique inédite de C. Gounod, E. Guiraud, H. Maréchal, J. Massenet, G. Nadaud, E. Reyer, Rubinstein, Saint-Saëns, H. Salomon, A. Thomas*).

— . . . . Bempt. *Nouveaux Contes blancs* (*avec musique de E. Boulanger, Th. Dubois, V. Joncières*).

BENTZON (TH.) . . . . Contes de tous les pays. — Geneviève Delmas.

BOISSONNAS (B.). . . . . Une Famille pendant la guerre 1870-1871.

CORNEILLE . . . . Chefs-d'œuvre (*Édition F. Brunetière*).

DESNOYERS (L.) . . . . Aventures de Jean-Paul Choppart.

DUBOIS (FÉLIX) . . . . La Vie au Continent noir.

DUPIN DE SAINT-ANDRÉ. . . Ce qu'on dit à la maison.

FAUQUEZ (H.). . . . . Les Adoptés du Boisvallon.

GRIMARD. . . . . Le Jardin d'Acclimatation.

HUGO (VICTOR). . . . . Le Livre des Mères.

LAPRADE (V. DE). (de l'Acad. franç.) Le Livre d'un Père.

ANDRÉ LAURIE

La Vie de Collège dans tous les Temps et dans tous les Pays

Mémoires d'un Collégien. (Un Lycée de département.)
Une Année de Collège à Paris.
Mémoires d'un Collégien russe.
L'Écolier d'Athènes.
La Vie de Collège en Angleterre.
Un Écolier hanovrien.
Tito le Florentin.
Autour d'un Lycée japonais.
Le Bachelier de Séville.
Axel Ebersen. (Le Gradué d'Upsala.)
† L'Oncle de Chicago (in-8° jésus).

M. Francisque Sarcey a consacré à chacun des livres qui composent cette série une étude spéciale.

« Notre ami Hetzel, écrivait-il il y a quelques années, a commencé une collection bien curieuse et dont le titre générique suffit à indiquer l'intérêt. Chaque année, il paraît un volume qui nous transporte dans un pays différent. Il y a quatre ans, nous étions en France ; l'année suivante, on nous a menés en Angleterre ; l'an d'après, en Allemagne. L'ensemble des volumes dont cette série doit se composer formera une étude assez complète des divers systèmes d'éducation suivis par chaque nation.

« Tous ces volumes partent de la même main ; ils sont de M. André Laurie, qui me paraît être un universitaire fort au courant des questions pédagogiques, et qui n'en est pas moins un conteur agréable et un écrivain élégant. C'est chaque année un régal attendu par moi de recevoir et de déguster son volume. »

Francisque Sarcey.

LES ROMANS D'AVENTURES

ANDRÉ LAURIE

De New-York à Brest en sept heures.
Le Secret du Mage.
Le Rubis du Grand Lama.
Atlantis.
Gérard et Colette (in-8° jésus).

J. VERNE ET A. LAURIE. . . . L'Épave du Cynthia.

RIDER-HAGGARD . . . . Découverte des Mines du roi Salomon.

A propos de l'*Épave du Cynthia*, M. Ulbach écrivait les lignes suivantes :

« La collaboration de MM. Jules Verne et André Laurie ne pouvait être que féconde. La science de l'un, l'observation de l'autre, les qualités littéraires des deux collaborateurs font de ce livre un des plus émouvants de la collection. »

Volumes in-8° illustrés (SUITE)

LEGOUVÉ (E.) (de l'Académie française). Nos Filles et nos Fils. — La Lecture en famille.
— . . . . Une Élève de seize ans. — Épis et Bleuets.
MACÉ (JEAN) . . . . Histoire d'une Bouchée de Pain.
NOUSSANNE (H. DE) . . . . . . Jasmin Robba.
RATISBONNE (LOUIS) . . . . . La Comédie enfantine.
SANDEAU (J.) (de l'Académie française). Madeleine.
— . . . . Mademoiselle de la Seiglière.
— . . . . La petite Fée du village.
ULBACH (L.). . . . . Le Parrain de Cendrillon.
VALDES (ANDRÉ). . . . . Le Roi des Pampas.

ŒUVRES de P.-J. STAHL

Contes et Récits de Morale familière.
Les Histoires de mon Parrain.
Histoire d'un Ane et de deux jeunes Filles.
Maroussia.
Les Patins d'argent (in-8° jésus).
Les Quatre Peurs de notre Général.
Les Contes de l'Oncle Jacques.
Les Quatre Filles du Docteur Marsch.

STAHL a voulu enseigner familièrement la morale, la mettre en action pour tous les âges. De chacun des livres de Stahl se dégage une morale présentée avec toute la séduction et cette forme spirituelle qui donne à la fiction les apparences de la réalité. Peu d'hommes ont plus et mieux fait pour la jeunesse, qui lui doit sa libération littéraire.

Ch. CANIVET. (*Le Soleil.*)

Volumes in-8° jésus ou avec illustrations en couleurs

BIART (LUCIEN) . . . . Aventures d'un Jeune Naturaliste (in-8° jésus).
— . . . . Les Voyages involontaires (in-8° jésus).
DAUDET (ALPHONSE) . . . . . Histoire d'un Enfant (in-8° jésus).
— . . . . . Contes choisis (Édition spéciale à l'usage de la jeunesse) (in-8° jésus).
DUPIN DE SAINT-ANDRÉ . . . Double Conquête (in-8° jésus).
ERCKMANN-CHATRIAN . . . . Histoire d'un Paysan (grand in-8° colombier).
LAURIE (ANDRE). . . . . *Les Romans d'Aventures :*
Atlantis (illustrations en couleurs).
Gérard et Colette. (Les Chercheurs d'or de l'Afrique australe) (in-8° jésus).
— . . . . *La Vie de Collège dans tous les temps et tous les pays :*
L'Écolier d'Athènes (illustrations en couleurs).
† L'Oncle de Chicago (in-8° jésus).
MALIN (HENRI) . . . . † Un Collégien de Paris en 1870 (in-8° jésus).
NEUKOMM (EDMOND). . . . . . Les Dompteurs de la mer (illustrations en couleurs).
PERRAULT (PIERRE) . . . . . . Ma sœur Thérèse (illustrations en couleurs).
SANDEAU (JULES). . . . . La Roche aux Mouettes (in-8° jésus).
STAHL (P.-J.) . . . . Les Patins d'argent (in-8° jésus).
STAHL ET MULLER. . . . . Le Nouveau Robinson suisse (in-8° jésus).
VIOLLET-LE-DUC. . . . . Histoire d'une Forteresse.
— . . . . Histoire de l'Habitation humaine (illustrations en couleurs).
— . . . . Histoire d'un Hôtel de Ville et d'une Cathédrale (illustrations en couleurs).

LES NOUVEAUTÉS POUR 1898-1899 SONT INDIQUÉES PAR UNE †

Les ouvrages précédés d'une double palme ont été couronnés par l'Académie

Bibliothèque d'Éducation et de Récréation

Volumes in-8° cavalier, illustrés

ANCEAUX. . . . . Blanchette et Capitaine.
BENTZON (TH.). . . . . Pierre Casse-Cou.
— . . . . La Rose blanche.
BERR DE TURIQUE. . . . . . . La petite Chanteuse.
BIART (L.) . . . . Voyage de deux Enfants dans un parc.
BUSNACH (W.). . . . . Le Petit Gosse.
CAUVAIN. . . . . Le Grand Vaincu.
CHAZEL (PROSPER). . . . . . . Le Chalet des sapins.
DEQUET. . . . . Histoire de mon Oncle et de ma Tante.
DE SILVA. . . . . Le Livre de Maurice.
DUMAS (ALEXANDRE) . . . . . Histoire d'un Casse-noisette.
ERCKMANN-CHATRIAN. . . . . Pour les Enfants.
GENNEVRAYE. . . . . Un Château où l'on s'amuse.
— . . . . La Petite Louisette.
— . . . . Marchand d'Allumettes.
— . . . . Les Petits Robinsons de Roc-Fermé.
GIRON (AIMÉ). . . . . † Le Vieux Ramasseur de pierres.
LEMAIRE-CRETIN . . . . Expériences de la petite Madeleine.
LERMONT . . . . Histoire de deux Bébés (Kitty et Bo).
— . . . . Un heureux Malheur.
— . . . . Les Jeunes filles de Quinnebasset.
— . . . . Siribeddi (Histoire d'une famille d'Éléphants).
— . . . . Un honnête petit Homme.
MACÉ (JEAN) . . . . Théâtre du Petit Château.
— . . . . Histoire de deux Marchands de pommes.
— . . . . Les Serviteurs de l'Estomac.
MALOT (HECTOR) . . . . Romain Kalbris.
MULLER . . . . La Jeunesse des Hommes célèbres.
NICOLE. . . . . Contes et Légendes d'Egypte.
PERRAULT (P.) . . . . Pas-Pressé.
RECLUS (E.) . . . . Histoire d'une Montagne.
— . . . . Histoire d'un Ruisseau.
SAINTINE . . . . Picciola.
STAHL (P.-J.). . . . . Les quatre Filles du Dr Marsch.
STAHL ET LERMONT. . . . . . La Petite Rose, ses six Tantes et ses sept Cousins.
STAHL ET DE WAILLY. . . . . Vacances de Riquet et Madeleine.
— . . . . . Mary Bell, William et Lafaine.
STEVENSON. . . . . L'Ile au Trésor.
VADIER (B.) . . . . Rose et Rosette.
VIOLLET-LE-DUC . . . . Histoire d'une Maison.
— . . . . Histoire d'un Dessinateur.

LES CONTES DE PERRAULT

Illustrés de 40 grandes compositions de Gustave DORÉ

1 volume in-4°, cartonnage riche.

Les Nouveautés sont précédées d'un *

Bibliothèque illustrée de Mademoiselle Lili et de son cousin Lucien.

ALBUMS STAHL

PREMIER ET SECOND AGES. — JEUNES FILLES. — JEUNES GARÇONS

Albums en couleurs dessins de FRŒLICH, FROMENT, MÉRY, GEOFFROY, TINANT, BECKER, etc.

PRIX : *Cartonnés*, 1 fr.

*DRAMES EN TROIS ACTES.
UN PREMIER JOUR DE VACANCES.
UN COLIN-MAILLARD ACCIDENTÉ.
UN DÉJEUNER SUR L'HERBE.
AUTOUR D'UN CERISIER.
LES DEUX FRÈRES DE Mlle LILI.
LE BERGER RAMONEUR.
ROBINSON CRUSOÉ.
LE PLAT MYSTÉRIEUX.
TAMBOUR ET TROMPETTE.
LES CHAGRINS DE DICK.
UNE MAISON INHABITABLE.
L'HOMME A LA FLUTE.
L'ANE GRIS.

DU HAUT EN BAS.
LES TROIS MONTURES DE JOHN CABRIOLE.
UN VOYAGE DANS LA NEIGE.
DON QUICHOTTE.
LA REVANCHE DE CASSANDRE.
UNE DROLE D'ÉCOLE.
LES PÊCHEURS ENNEMIS.
LA LEÇON D'ÉQUITATION.
GULLIVER.
LA PÊCHE AU TIGRE.
LE POMMIER DE ROBERT.
ALPHABET MUSICAL DE MADEMOISELLE LILI.

CHANSONS & RONDES DE L'ENFANCE.
SUR LE PONT D'AVIGNON.
LA MÈRE MICHEL.
LA MARMOTTE EN VIE.
NOUS N'IRONS PLUS AU BOIS.
M. DE LA PALISSE.
LE ROI DAGOBERT. — MALBROUGH.
GIROFLÉ, GIROFLA.
LA TOUR, PRENDS GARDE.
LA BOULANGÈRE A DES ÉCUS.
IL ÉTAIT UNE BERGÈRE.
CADET ROUSSEL.
AU CLAIR DE LA LUNE.
COMPÈRE GUILLERI.

Albums en noir de 24 à 28 dessins. — Prix : *Cartonnés*, 2 fr.; *Toile dorée*, 4 fr.

DESSINS DE FRŒLICH

* Les sept ans de Mlle Lili.
Les trois chiens de Mlle Lili.
Maman en voyage.
La Vocation de Jujules.
La Mère Bontemps.
Papa en voyage.
Une grande journée de Mlle Lili.
Mlle Lili aux Champs-Elysées.
Mademoiselle Lili à Paris.
Première chasse de Jujules.
Les petits Bergers.
La journée de Mlle Lili.
Mademoiselle Lili en Suisse.
La journée de Monsieur Jujules.
Alphabet de Mademoiselle Lili.
Arithmétique de Mademoiselle Lili.
Cerf-Agile.
L'A perdu de Mademoiselle Babet.

DESSINS DE FROMENT.

Michel et Suzon.
Scènes familières.
Nouvelles scènes familières.
Petites Tragédies.
Nouvelles petites Tragédies.
Le petit Acrobate.

DETAILLE. — Les bonnes idées de Mlle Rose.
GEOFFROY. — Proverbes en action.
GRISET. — Découverte de Londres.
A. HUMBERT. — Le roi des Pingouins.
LALAUZE. — Suzanne et Suzette.
LALAUZE. — Le Rosier du petit Frère.
E. LAMBERT. — Chiens et Chats.
MÉAULLE. — Robinsons de Fontainebleau.
PIRODON. — Histoire de Bob aîné.

Albums gr. in-8° de 32 à 100 dessins. — PRIX : *Cartonnés*, 3 fr.; *Toile dorée*, 5 fr.

Dessins de FRŒLICH.

Voyage de Mlle Lili autour du Monde. id.
Voyage de Découvertes de Mlle Lili. id.
FROMENT. — La chasse au Volant.
TH. SCHULER. — 1er Livre des petits Enfants.

PETITE BIBLIOTHÈQUE BLANCHE

Volumes gr. in-16 illustrés. — PRIX : *Brochés*, 1 fr. 50; *Cartonnés toile genre aquarelle*, 2 fr.

ALDRICH. — Un écolier américain.
AUSTIN. — Beulotte.
DE BEAULIEU. — Mémoires d'un passereau.
BENTZON. — Yette.
BERTIN (M.). — Les Douze. — Les deux côtés du Mur.
— Voyage au pays des défauts.
BIGNON. — Un singulier petit Homme.
BRÉHAT (DE). — Aventures de Charlot et de ses sœurs.
CHATEAU-VERDUN (DE). — M. Roro.
CHERVILLE (DE). — Histoire d'un trop bon Chien.
CRÉTIN-LEMAIRE. — Le livre de Trotty.
DIÉNY (F.). — La Patrie avant tout.
DUMAS (A.). — La Bouillie de la comtesse Berthe.
DUPIN DE SAINT-ANDRÉ (F.). — Le petit Jean.
FEUILLET (Octave). — La Vie de Polichinelle.
GÉNIN (M.). — Un petit Héros. — Les Grottes de Plémont.
GIRON (Aimé). — La Famille de la Marjolaine.
LA BÉDOLLIÈRE (DE). — La Mère Michel et son Chat.
LEMONNIER. — Bébés et Joujoux.
— Histoires de huit Bêtes et d'une Poupée.
LEMONNIER. — Les joujoux parlants.
LERMONT. — Mes Frères et moi.
LOCKROY (S.). — Les Fées de la Famille.
MARSHALLS. — Le petit Jack.
MAYNE-REID. — Exploits des jeunes Boërs.
MAYNE-REID. — Les Chasseurs de Girafes.
A. MOUANS. — * La Maison blanche.
— Frisonne l'engourdie.
MULLER. — Récits enfantins.
MUSSET (P. DE). — M. le Vent et Mme la Pluie.
NODIER (Ch.) — Trésor des Fèves et Fleur des Pois.
OURLIAC (E.). — Le prince Coqueluche.
PERRAULT (P.). — Les Lunettes de Grand'Maman.
— Les Exploits de Mario.
SAND (George). — Gribouille.
SPARK (E.). — Fabliaux et Paraboles.
STAHL (P.-J.). — * Le Chemin glissant.
— Les Aventures de Tom Pouce.
— Le Sultan de Tanguik.
STAHL ET WAILLY. — Contes de la tante Judith.
VERNE (J.). — Un hivernage dans les Glaces.

MAGASIN ILLUSTRÉ D'ÉDUCATION ET DE RÉCRÉATION

COURONNÉ PAR L'ACADÉMIE FRANÇAISE

Fondé par P.-J. STAHL en 1864

DIRECTEURS : JULES VERNE, J. HETZEL

Abonnement d'un an : Paris, 14 fr.; Départements, 16 fr.; Union postale, 17 fr.

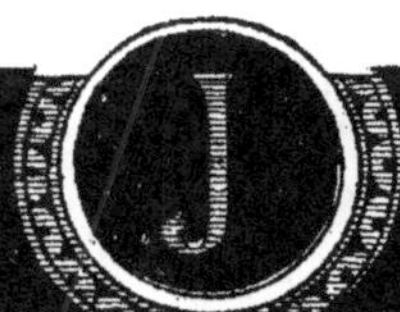

[illegible] Paris. — Imp. [illegible] quai des Grands-Augustins.

www.ingramcontent.com/pod-product-compliance
Lightning Source LLC
LaVergne TN
LVHW050451160826
845677LV00003B/737

* 9 7 8 2 3 2 9 6 7 5 1 9 0 *